기획의 말

그리운 마음일 때 'I Miss You'라고 하는 것은 '내게서 당신이 빠져 있기(miss) 때문에 나는 충분한 존재가 될 수 없다'는 뜻이라는 게 소설가 쓰시마 유코의 아름다운 해석이다. 현재의 세계에는 틀림없이 결여가 있어서 우리는 언제나 무언가를 그리워한다. 한때 우리를 벅차게 했으나 이제는 읽을 수 없게 된 옛날의 시집을 되살리는 작업 또한 그 그리움의 일이다. 어떤 시집이 빠져 있는 한, 우리의 시는 충분해질 수 없다.

더 나아가 옛 시집을 복간하는 일은 한국 시문학사의 역동성이 드러나는 장을 여는 일이 될 수도 있다. 하나의 새로운 예술작품이 창조될 때 일어나는 일은 과거에 있었던 모든 예술작품에도 동시에 일어난다는 것이 시인 엘리엇의 오래된 말이다. 과거가 이룩해놓은 질서는 현재의 성취에 영향받아 다시 배치된다는 것이다. 우리는 현재의 빛에 의지해 어떤 과거를 선택할 것인가. 그렇게 시사(詩史)는 되돌아보며 전진한다.

이 일들을 문학동네는 이미 한 적이 있다. 1996년 11월 황동규, 마종기, 강은교의 청년기 시집들을 복간하며 '포에지 2000' 시리즈가 시작됐다. "생이 덧없고 힘겨울 때 이따금 가슴으로 암송했던 시들, 이미 절판되어 오래된 명성으로만 만날 수 있었던 시들, 동시대를 대표하는 시인들의 젊은 날의 아름다운 연가(戀歌)가 여기 되살아납니다." 당시로서는 드물고 귀했던 그 일을 우리는 이제 다시 시작해보려 한다.

기획의 말

그리운 마음일 때 'I Miss You'라고 하는 것은 '내게서 당신이 빠져 있기(miss) 때문에 나는 충분한 존재가 될 수 없다'는 뜻이라는 게 소설가 쓰시마 유코의 아름다운 해석이다. 현재의 세계에는 틀림없이 결여가 있어서 우리는 언제나 무언가를 그리워한다. 한때 우리를 벅차게 했으나 이제는 읽을 수 없게 된 옛날의 시집을 되살리는 작업 또한 그 그리움의 일이다. 어떤 시집이 빠져 있는 한, 우리의 시는 충분해질 수 없다.

더 나아가 옛 시집을 복간하는 일은 한국 시문학사의 역동성이 드러나는 장을 여는 일이 될 수도 있다. 하나의 새로운 예술작품이 창조될 때 일어나는 일은 과거에 있었던 모든 예술작품에도 동시에 일어난다는 것이 시인 엘리엇의 오래된 말이다. 과거가 이룩해놓은 질서는 현재의 성취에 영향받아 다시 배치된다는 것이다. 우리는 현재의 빛에 의지해 어떤 과거를 선택할 것인가. 그렇게 시사(詩史)는 되돌아보며 전진한다.

이 일들을 문학동네는 이미 한 적이 있다. 1996년 11월 황동규, 마종기, 강은교의 첫번째 시집들을 복간하며 '포에지 2000' 시리즈가 시작됐다. "생이 덧없고 힘겨울 때 이따금 가슴으로 암송했던 시들, 이미 절판되어 오래된 명성으로만 만날 수 있었던 시들, 동시대를 대표하는 시인들의 젊은 날의 아름다운 연가(戀歌)가 여기 되살아납니다." 당시로서는 드물고 귀했던 그 일을 우리는 이제 다시 시작해보려 한다.

깊은 곳에 그물을 드리우라

문학동네포에지 022

남진우 시집

깊은
곳에
그물을
드리우라

시인의 말 1

나도 한때는 시인이었다.
그리고 앞으로도
시인이기를 꿈꿀 것이다.

1990년 3월
남진우

시인의 말 2

첫 시집을 다시 펴낸다.
아득하다.
내게 이런 시를 쓴 시절이 있었던가.
나의 것인, 그러나 이제 더이상 나의 것이 아닌
이 어둡고 찬란한 언어의 분신들.

1997년 가을
남진우

개정판 시인의 말

20대 초중반 젊은 시절에 쓴 시들을 묶었던 시집을 다시 펴냅니다. 당시 '시운동'이란 시동인에 참여하고 있었는데 그 동인지에 발표한 작품들이 주축을 이루고 있습니다. 과거는 낯선 나라라는 말처럼, 과거에 썼던 시들을 보니, 내가 아닌 타인이 쓴 작품 같습니다. 아마도 나는 그 시절 시를 불만족스러운 현실과 절연시키기 위해 최대한 멀리 신화적이고 심미적인 영역으로 끌고 가려 했던 것으로 보입니다. 그 세계는 여전히 멀리 내 시선이 가닿을 수 없는 지평 너머에 존재하고 있습니다. 무아(無我)는 도취와 죽음이란 상반되는 양극단의 지점을 포괄하고 있습니다. 언어를 가지고, 언어를 통해서 얼마나 그 무아지경의 황홀과 공포에 다가설 수 있을까요. 20대의 젊음은, 이젠 내게 너무나 먼 나라이지만, 지금도 나는 가끔 그 나라에서 오는 소식을 전해듣곤 합니다.

2021년 여름
남진우

차례

2부 달의 메아리 속으로

3부 나는 불꽃을 바라본다

1부 환한 밤에서 어두운 낮으로

깊은 곳에 그물을

깊은 곳에 그물을 드리우라
진흙과 녹슨 쇠붙이와 물고기의 뼈
그리고 여인의 시신이 그대 그물 속에서 기어나오리라
깊은 곳에 그물을 드리우라
울음 우는 아기는 긴 밤 더욱 어둡게 하느니
앙상한 겨울나무 굳게 못질한 폐가를 지나
이 밤 죄수들은 사슬에 묶여 변방으로 떠나면
사막으로 끌려가고
깊은 곳에 그물을 드리우라
성호를 그으며 떨어지는 별똥별 하나

…… 깊은 곳에 드리운 그물은 너무 무거워
다신 거두어들일 수 없다

몽상가

탁자 위에 신문을 내려놓으며
그대는 말했다 그건 너무 몽상적인 이야기예요
우리 보다 현실적인 이야기를 해요, 그렇소
촛불을 보며 몽상에 잠기던 시절은 지났소
벽난로는 철거되었고 우린 형광등 불빛 아래서
시를 쓰지요 포도원으로 가는 길을 아시나요
성당에선 미사가 끝나가고 사제복을 입은 신부는
잔에 가득한 피를 마십니다 너무 몽상적인가요
몽상, 몽상적, 누가 우릴 이 좁은 반도에 유폐시켰나요
실은 어제 그대에게 편지를 쓸 예정이었소
혁명보다 더 몽상적인 것은 없다고 그러나
우리 시대 전체가 구원받기엔 너무나 많은 십자가가
부족하오 달밤의 두 연인 해변을 서성이는 두 그림자
너무 낯익어서 신물이 날 삼류 영화의 한 장면을 당신은 몽상적이라는 건가요
탁자 위에 놓인 신문을 펼쳐봐요
기아와 전쟁과 폭정과 계엄과 그리고 또 무슨 죄악이 지구 어디선가 기생충처럼 꿈틀거리고
인공위성이 폭발하고 라디오에선 흘러간 사랑 노래만이 앵앵거리고
모기를 조심하세요 그건 당신 인후부를 습격하여 참을 수 없는 가려움을 가져다주지요
세계는 점점 어두워져가고 있소 어디선가
폭탄이 터지고 한 남자가 한 여인을

강간하고 사생아는 해가 지는
벌판 끝을 향해 걸어가지요 몽상 몽상
몽상적, 해가 지고 있소 세계는
점점 어두워져가오 곧 날이 저물고
신부는 미사를 끝마칠 것이오

어둠은 내 목 위로

달과 해가 번갈아가며
내 몸속을 드나든다 어머니의 젖과
아버지의 피 불과 물이 만나는 심장 어디선가
북소리 울리고 나는 웅덩이 앞에 엎드려
기도드린다 누가 물레방아를 돌리는가
내 어린양의 목을 찔러 거기서 흐르는 피에
머릴 감았으니 칼은 고요히 빛나고
어둠은 한 치 한 치 내 목 위로 차오른다

불과 재

촛불을 밝히고
머리카락 길게 풀어헤치고
마지막 옷을 벗어 불어오는 바람에 맡긴 뒤
불 속으로 걸어가라 별보다 높은
네 이마 위에 서리는 입김
말씀은 타오르는 불로 시작되고
말씀은 식어가는 재로 끝나는 법
말씀은 어디든지 있으나 말씀은 어디에도 없다
타닥타닥 타오르는 불 속에서
그대 살과 뼈가 튀는 소리
이제 지상에서 거둔 모든 것 버리고, 그대의
빈 손을 불에 씻으라

이것이 나의 피니

이것이 나의 피니
타오르는 불이여 나는 너를 마시리
이것이 나의 살이니
타오르는 불이여 나는 너를 먹으리
내 몸 밖에서 타오르는 불 내 몸속에서 잠자는 불
이삭을 뿌린 자는 썩은 곡식을 거둘 것이요
짐승을 방목하는 자는 상한 고기를 먹게 되리니
쏘아도 화살은 날지 않고
찔러도 칼엔 피가 묻지 않는다
우린 영원토록 앞으로 나아가나
우린 결국 처음 그 자리에 이를 뿐
바퀴는 끝없이 돌아가되 영원히 헛돈다

환한 밤에서 어두운 낮으로

해와 달이 만나
둥근 빛무리를 만든다면 나는
환한 밤에서 어두운 낮으로 걸어갈 것이다
자욱한 모래바람 속 몇 번의 비와 천둥이 지나가고
나는 내 뼈를 휘어 활을 만드는 바람의 거친
숨소리를 보았다 몰아쉬고 내쉬는 잎새들의 연한
몸부림을 들었다 자꾸 풀잎들은 눕고
태어나지 않은 새들이 안개를 거슬러 날고 있는 밤에서
내 머리카락 덤불 속에 둥지를 트는 낮까지
여름이 오고 겨울이 가고

열쇠도 없이 헛되이

집은 완강히 닫혀 있다 거센 바람이
문짝을 두드려도 내 뒤엔 황폐한 밤의 벌판뿐
열쇠도 없이 헛되이 나는 문을 두드린다
끝없이 내 곁을 지나가는 개들의 행렬
요람에서 무덤까지 기어가는, 기어가다 기어가다
쓰러지는 빛, 촛불을 밝히고
벽 저편의 흐느낌에 귀기울인다 날개 잘린 새 한 마리
얼어붙은 호수 위로 떨어져내린다

문밖에서

내 뼈를 갈아 가루로 날려버려라
내 살을 잘게 찢어 대지 위에 널어라
두 손을 적시며 흘러내리는 피만을 그대의 잔에 채워
따라 마시라 오지 않는 새벽 오지 않는 예언자
벌판엔 바람과 마귀만이 득실거릴 뿐
두드려도 북은 울리지 않고 흔들어도 종은
소리 나지 않는다 열리지 않는 문 저편
흰옷 입은 여인들이 엎드려 울고 있다

안개 저편

숨쉬지 마라
피 흘리지 마라
이것이 우리의 계명, 눈에는 눈 이에는 이
우린 사랑하며 물어뜯고
우린 증오하며 포옹한다
차례로 여인들을 범하고 마지막 회개의 눈물로
지상을 더럽힐 때
종들은 침묵하리니
녹슨 시계의 추는 움직이지 않으리니
입에는 재갈 한 움큼의 모래
더운 숨결 뜨거운 피 모두 차갑게 식어가고
마지막 그대 눈을 감겨줄 하얀 손만이
안개 저편에서 다가오고 있다

오 찬란한 낙인이여

죽음의 채찍이 내 살을 파고든다
오 찬란한 낙인이여 내 사랑하는 여인이
간음하며 흘린 피 축복은 짧고 저주는 길다
사슬에 묶여 신음하는 노예들의 합창
우리에게 더 많은 굶주림을 우리에게 더 많은 헐벗음을
누더기 사이로 바람은 날카롭게 발톱을 세우는데
파헤쳐진 무덤 위로 떠오르는 달 배는 난파하여
물결 위에 눕고 말은 거품을 물고
길 위에 쓰러진다

두 나무 사이에 찢긴 채

제단엔 아무것도 없다
십자가 끝에서 말씀이 들려온다
녹슨 방패를 버리고 달아나는 말들의 발굽 아래
부서지는 무지개 나는 행복한가 아니면 불행한가
두 나무 사이에 찢긴 채 나는 매달려 있다
내 눈을 파먹을 까마귀는 너무 배가 불러
오지 않는다 다만 지평선 너머 어둠이
탁한 안개를 뿜어내고 있을 뿐

심판의 날

불이 너를 얼리리라 물이 너를 태우리라
심판의 날은 다가오건만 대지 위엔 녹슨 철조망과
부서러진 돌기둥뿐 사라진 왕국의 전설을 속삭이는 바람만이
모래 먼지를 일으키며 불어오고 불어갈 뿐
해골과 짐승의 뼈다귀 여기저기 널려 있는 벌판엔
풀 이파리 하나도 이슬 맺지 않는다
네 혀를 잘라버려라 나는 말하지 않겠다
네 눈을 파내버려라 나는 보고 싶지 않다
어둠의 계곡을 지나 샘물 하나 없는 사막을 지나
이끼마저 말라붙은 우물 밑
돌 사이에 고인 물에 목을 축이고

저무는 숲의 노래

나무 그림자 위에 몸을 눕히고, 나는 자야 한다 저녁이 왔으므로 포근한 어둠을 덮고 더욱 깊이 캄캄한 지층 아래로 가라앉아야 한다

반딧불 반딧불들 반짝이는 내 영혼의 작은 등불들이 하염없이 수풀 속을 넘나들고 일찍이 내 누이였던 새들은 숲이 드리운 그늘에 숨어 잊혀진 노래를 연주하기 시작한다

흰 눈이 내린 겨울 숲을 지나
내가 한없이 이르려 했던 지상의 끝
그곳이 여기인가
강물은 거품을 물고 자갈과 시간을 실어나르고
숲은 다시 내일의 꿈을 약속하지만

멀리 나를 태우고 갈 말이 우는 소리 들리고 새벽빛이 서서히 숲을 물들이는데 나는 여기 나무 그림자에 실려 어디론가 불어오는 바람 따라 불려간다 서서히 지워지는 나의 온갖 흔적들

그래, 나는 살지 않았다
나는 이 지상에 머문 적이 없다
그렇게 새벽은 오고
나를 호명하는 목소리 세계 끝까지

메아리친다

성찬식

내 눈을 후벼파라 부엉이여
내 머리를 바수어 거기서 흐르는 피를
마셔라 호랑이여
내 몸을 칭칭 휘감고 으스러뜨려라 구렁이여 온몸
갈기갈기 찢어 뜯어먹어라 늑대들이여
마지막 살점까지 쪼아먹어라 독수리여
하얗게 빛나는 뼈, 거기 한 점의 살도 붙어 있지 않도록
핥아라 표범이여
오직 내 가슴 찬란한 심장만 남아
온 대지를 환히 불 밝히도록 이른 아침
황금빛 태양으로 떠오를 수 있도록

바닷가 작은 마을

녹슨 종탑 끝
하늘은 점점 높이 올라가고
종소리는 둥글게 원을 그리며 멀리멀리 퍼져나간다
풀밭에 매인 염소가 홀로 맞이하는 저녁노을
밭일하던 아낙네들은 구부린 허리를 펴고 무심히
지나가는 바람에 귀기울인다

2부 달의 메아리 속으로

새

새는 그 내부가
투명한 빛으로 가득차 있다
마치 물거품처럼, 부서짐으로써 스스로의
나타남을 증거하는
새는
한없이 깊고
고요한,
지저귐이 샘솟는 연못과 같다

저문 빛

저문 빛

물위에 어리는 저문 빛

고요한 숲속 메아리는 지저귀고 내 꿈의 모이는 잎사귀에 내려앉는 햇살만큼 반짝이고 그러나 나는 안다 아무도 건드리지 않은 이슬을 깨고

어느 날 한 마리 새가 태어날 것임을

혹은 그대 곁에 서서 나는 유리창 너머 펼쳐진 여름을 바라본다

들판은 하루종일 둥글게 익어 이젠 누군가의 손길이 스쳐지나가길 바라고 있다

구름이 지나간다 지나가며 내 눈을 감긴다

빛이 서서히 사그라든다 하루의 재가 어스름의 켜마다 쌓여간다

물가를 거닐며 이야기하던 것들 아득한 옛날 옆집 풍금 소리 따라 흘러들던 라일락 향기 그리고 꿀벌의 잉잉거림

이 모든 것을 지금 나는 그대에게 줄 수 없다 잎사귀가 떨어져

그대 얼굴을 가리고 나는 몇 번이나 입맞추며 사랑을 속삭이지만

저문 빛 물위에 어린 저문 빛이 지워져가듯

나는 또 내일 기억해야 할 많은 것들이 있다

하나씩 둘씩 하늘에 자신의 깃을 적시던 새들이 돌아온다

풀밭이 점점 넓어져간다 자전거를 탄 아이가 숲속으로 사라진다 유리창 너머 풍경이 몽롱하게 풀어져

어스름 속으로 몸을 감추는 지금 나는 어쩌면 잠들었는지도 모른다

누가 나를 흔들어 깨우는지 어쩌면 깊고 먼 목소리가 나를 불렀는지

저무는 숲에 내리는 저문 빛 저문 빛 속으로

이제 막 떠나는 저 사람은 누구인지 메아리마저 잠든 고요한 숲속

아무도 건드리지 않은 이슬을 깨고 지금 막 지금 마악,

밤바다를 위하여

소라껍데기 속으로 밀려드는 바다
기일게 나선을 그리며 가라앉는
파도 갈매기들은 잊혀진 울음을 울며 물보라처럼
흩어지는 어두운 저 아래로 그림자마저
떠나보내고 바다는 항아리만한 입술을 오므려
조금씩 숨을 쉬는데 다시 멀리서 파도는 달빛에 부서지는
파도를 낳고 파도는 어둑한 소라껍데기 그 안으로 밀려 들어와
죽은 이의 눈꺼풀을 덮고 모래성을 허물고
어디선가 소라고둥이 울리고 울려퍼지고

자정

머나먼 밤의
상류로부터 어둠이 흘러내려온다
두 손 가득 검푸른 포도송이를 움켜쥐면
손가락 사이로 감미로운 술이 새어나오리라
햇살에 베인 상처에서 스며나오는 피
활엽수 아래 나의 잠자리는 고요히 반짝이고
바다는 내가 태어난 땅을 소금물로 씻어주었다
어떤 꽃에 입술을 대고 내 목마름을 달래줄
향기를 마실 것인가
먼지만 가득한 유골 단지를 안고
미지의 밤이 다가오고 있다

별

어두운 밤
여인들이 갈대 상자에 아이를 담아
강물 위에 띄워보내고 있다 자욱한 안개 저편
휘파람새 울음소리 잎사귀를 흔들고
밤은 한없이 깊어져 강물을 더욱 천천히 흐르게 하는데
완만한 모래톱을 지나 갈대 상자는 어디로 가는지
여인들은 보이지 않는 별을 향해
기도를 드린다 저 멀리 별똥별 하나 언덕 아래로
떨어져내리고 덤불 속엔 피 흘리며 죽어가는 사슴 한
마리
가느다란 흐느낌이 강물 소리를 차갑게 적시는
어느 가을날 밤

마른 연못

수풀 한가운데 마른 연못이 있다 햇빛이 찰랑거리듯 넘치는 여름 오후 마른 연못 위로 한 송이 연꽃이 피어올랐다

…… 어쩌면 꿈인지도 모른다

한 마리 나비가 연꽃 둘레를 날고 있었다 손을 내밀면 닿을 듯한 거리, 나무 그늘 아래 앉아 소녀는 돌을 던지고

돌은 마른 연못 한가운데 연꽃 위에 사뿐히 내려앉는다 구름이 지나가고 소녀의 이마는 맑은 그늘에 젖는다 나비는 끝없이 그녀의 눈동자 주위를 맴도는데

마른 연못은 점점 깊어져 그 바닥이 보이지 않는다 수풀은 더욱 푸르러가고 소녀는 꿈결인 듯 자기 몸 위로 떨어져내리는 나뭇잎을 쓸어모은다

서서히 기우는 햇살 따라 수풀도 저물어가고 마른 연못은 조금씩 바닥이 드러나기 시작한다 서서히 시들어가는 연꽃 나비도 힘없이 날개를 접고 소녀의 어깨 위에 내려앉으면

이윽고

마른 연못 저 밑에서 향기로운 어둠이 피어오르기 시작한다

연꽃 둘레를 돌며

그 여름날 밤 나는
연꽃 위에 서 있었다 연꽃은
아득히 수평선 너머까지 그 너른
잎사귀를 펼치고 있었다 아무런 소리도
들려오지 않았다 천천히 나는 연꽃
둘레를 돌기 시작했다

한 바퀴 돌았을 때
달이 지고 둥근 해가 떠올랐다
나는 연꽃 위에 엎드려 잠들었다
지난밤 나와 함께 연꽃을 돌던 은하의
별들도 다 내 몸속으로 들어와
같이 잠들었다

이 바람은 잠자는
나를 부드럽게 쓰다듬고 가는
이 바람은 누구의 입김일까 별들은
내 몸속에서 어떤 노래를 부르고 있는
것일까 연꽃은 물살 따라
고요히 흔들리고

이윽고 나는 깨어났다
서서히 해가 맞은편 연꽃 아래로
지고 있었다 나를 에워싸고 있는 구름

대기는 물처럼 푸르고 투명하게 진동하고
있었다 달이 떠올랐을 때 다시
나는 밤하늘의 수많은 별들과 함께
연꽃 둘레를 돌기 시작했다

연꽃 속에 누워

달빛이 물에 닿는
그 순간 설레는 물거품을 헤치고
연꽃은 솟아오른다 대기 가득히 푸르게
퍼져나가는 메아리

점점 환해지는 중심으로부터
이윽고 사방으로 투명한 빛줄기가
뻗어나갈 때 촛불을 켜들고 나는
연꽃 속으로 들어간다

한없이 깊고 서늘한
연꽃 저 아래 달빛을 타고 내려온
흰나비들 원을 그리며 춤추고
물은 출렁이며 젖으로 변해간다

흔들리는 물풀 사이로
나를 지켜보는 물고기들 멀리서
별들은 내 이름을 속삭이며 반짝이는데
황홀히 연꽃 속에 누워 나는
눈을 감는다, 천천히

내 몸 위로 내려오는 달
기인 갈기로 나를 쓰다듬는 바람
나는 느낀다 누군가 나를 부르고 있음을

내 피가 조금씩 뜨거워지고 있음을

흰나비 흰나비들 내 숨결 따라
어디론가 사라져버리고 연꽃은 다시
오므라들기 시작한다

새벽, 내 입술을 열고
새 한 마리 하늘로 날아가면 완전히
닫혀진 연꽃과 함께
나는 물밑으로 가라앉는다

피리 부는 소년

물에 잠긴 달 위에서
그대는 피리를 분다 흔들리는 갈댓잎 사이로
수만 마리 달빛이 뱀이 되어 기어다닌다
피리 소리가 물에 닿아 은비늘을

번득일 때 꽃들은 활짝 눈을 뜨고
그대를 지켜본다 젖가슴을 드러낸 채
물가에 앉아 머리 빗는 여인들 서늘한 그늘
아래 백조는 가만히 귀기울인다
천천히 그대를 향해 기어가는 뱀

피리 소리에 떨고 있는 잎사귀마다
바람은 잠시 머물다 가고 먼 기슭에서
백조들이 다가와 그대 앞에
고개를 숙인다 어둠을 밀고 나아가는

피리 소리 물결 위에 부서지는 달빛이
피리 소리를 휘감고 피리 소리는 다시 일렁이는
달빛을 휘감는다 휘감고 휘감기는
피리 소리를 헤치고 백조들은 나아간다
물에 잠긴 달이 점점 커져 연못을 가득

채운다 물거품에 부딪혀 스러지는 꽃잎들
부서지는 물거울들 그대 열 손가락은

피리를 들락거리며 환한 달빛을 뿜어낸다
멀리 메아리는 그대 이름을 속삭이고

속삭이며 멀어져가고 수만 마리
뱀들이 그대 몸을 기어오른다 은비늘
은비늘을 번득이며 그대를 휘감고 달을 향해
기어오르는 피리 소리 날름대는 혀로
달빛을 핥으며 뱀들은 둥글게 그대를

에워싼다 머리를 다 빗은 여인들
어두운 숲속으로 사라지고 물에 잠긴
달은 조금씩 오므라들기 시작한다 그 중심에
서서 밤새도록 그대는 피리를 분다

달의 메아리 속으로

내가 멈추었을 때 달도 따라서 멈추었다
한 그루 나무가 기일게 그림자를
늘어뜨리고 있는 언덕 위
나무 위의 새는 노래불렀다

무엇인가 움직이고 있다, 고 나는
생각했다 그 무엇 움직이고 있는 그 무엇이
나를 바라보고 있었다 나무 그림자가
점점 짧아지더니 사라졌다
천천히 나를 향해

한줄기 빛이 다가왔다
투명한 빛의 기둥에 갇힌 채
나는 하늘을 올려다보았다 달이 감았던
눈동자를 뜨자 그 중심으로부터
한 송이 연꽃이 피어올랐다 환히 빛을
뿜어내는 연꽃

나는 두 팔을 펼치고 그 빛을
들이마셨다 내 피를 부드럽게 물들이며
온몸 가득 번져가는 달빛 서서히 내 몸
깊은 곳으로부터 한 여인이 일어나 달을 향해
걸어올라간다 한 걸음 한 걸음 대지에서 하늘로
입을 벌리고 달빛을 마시며

나무는 잎사귀를 기울여
내 입에 이슬 한 방울 떨어뜨리고 내 몸은
넘쳐오르는 달빛에 더욱 투명해진다 허공에 서서
환히 빛나는 얼굴로 여인은 속삭인다 눈을
감으라고 이윽고 망막 저편으로 아득히
여인이 사라져버리면 달은 다시 눈동자를
닫는다 시드는 연꽃처럼

한 그루 나무가 기일게
그림자를 늘어뜨리고 있는 언덕 위
새는 다시 지저귀기 시작하는데
나는 홀로 언덕 위에 서 있다

내가 움직이자 달도 따라서 움직였다

섬

나무 그늘 아래
잠든 여인이 누워 있다 그녀 숨소리 따라
조금씩 잎사귀들이 흔들린다 살며시 내려앉는
안개와 새 울음소리

멀리 바닷물은 부풀어올라
둥근 달을 낳고 달은 소나무 향기를
대기 가득히 풀어놓는다 연한
바람 한줄기 그녀 입술을 스칠 때

누군가 촛불을 켜들고
우물 밑으로 내려간다 한없이 깊고
어두운 우물 밑 잎사귀들은 쌓이고
달빛은 오솔길을 거슬러오르는 피를 따라
어두운 숲으로 흘러간다

흘러간다 서서히 밤하늘을 적시며

…… 이 밤 그들은 뗏목을 타고 사나운 밤바다를 건너가리라
…… 조금씩 가라앉는 수평선 너머 폭풍우는 그들을 기다리고
…… 이 밤 그들은 영원히 돌아오지 못할 섬을 찾아 헤매리라

점점 자욱해지는 안개 저편
그녀는 미소 짓는다 그물을 들고 바다로 내려가는
사나이들의 낮은 휘파람이
들리다 그치는데

아득히 열리는 바다 달빛에 씻긴 물결이
그녀 잠 속으로 밀려들어 물보라를 일으킨다
자욱이 어둠의 가루를 흩날리며 파도가
해변에 토해놓는 부서진 나뭇조각들

말미잘 불가사리 물거품의 상형문자들

다시 바람이 일어 잎사귀를 흔들고
그녀 숨소리가 차츰 멀어진다 서서히 구름의
천막이 걷혀진 밝아오는 하늘 저편엔 차갑게
빛나는 등대 하나뿐

부활

나는 숨쉰다
지금 막 달이 내 몸을 스쳐지나가고 있기에
내 숨은 나지막이 대기 속으로 녹아들어간다
숲은 고요히 내 숨을 받아들여 깊고
그윽하게 달빛이 누울 자리를 마련하고

가늘고 긴 현을 튕겨
지상에 없는 새 울음소릴 낸다
숲속으로 들어간 사람은 숲 밖으로 나오지 않고
나는 여기서 누군가를 기다리고 있다

어두운 바람이 불고 흩날리는 머리카락 사이로 푸른 밤이 내릴 때, 나는 긴 잠을 자고 싶었다 깊고도 먼 잠의 저편 종소리가 들리고 맑은 시냇물이 흘러들어와 잠의 모래톱을 적시면 마을의 불빛들 마른 나뭇잎처럼 서걱이고 자욱이 새 울음이 반짝거리며 피어나, 나는 깨지 않는 잠을 자고 싶었다

지평선이 서서히 지워지며
숲이 떠오른다 짙은 안개를 몰고 오는 밤의 목동들
달빛이 닿는 순간 돌은 투명하게 반짝이고
이슬은 살아서 숨쉬기 시작한다

불어오는 어느 바람에

나의 영혼을 맡겨야 할까 물방울 떨어지는 소리 숲을 흔들며 퍼져가고

…… 달빛에 내 몸이 차츰 녹아들어간다
이제 나는 비로소 내가 아니다

11월의 마지막 날

안개가 내린다

누군가 기침을 하며 긴 골목을 빠져나간다 늙은 말이 끄는 수레가 덜컹거리며 자갈길을 지나간다 저녁 공원으로 가는 길이 서서히 휘어져 언덕에 닿고 수렁에 처박힌 자전거 바퀴가 오래 헛돌다 그친다

안개가 내린다

짙은 모과 향기 속에 눈뜨는 별들 어둠 속에서 물은 쓰디쓴 적막처럼 흐르고 인적 그친 놀이터의 그넷줄이 몇 번 흔들리다 만다 심호흡을 할 때마다 누가 죽었다는 엽서가 현관문을 두드리고 그러나 아무도 대답하지 않는다

안개가 내린다

부엌에서 아낙네들이 주고받는 말소리가 굴뚝을 타고 마을 위를 한 바퀴 휘돈다 그을음 낀 벽에 젖어드는 망치 소리 누구의 관에 못을 박는 걸까 그리고 저 아련한 휘파람 소리는

굴렁쇠를 굴리며 아이들이 먼 나라에서 돌아오고 있다

아득히 먼 곳에서

아득히 먼 곳에서
아득히 먼 곳으로 바람이 분다
누군가 휘파람을 불며 밤바다 위를 걸어간다
탐조등 불빛 아래 서서히 드러나는 죽음의 계곡 저편
수평선은 희미하게 흔들리며 고요하라 고요하라 속삭이고
누군가 열쇠를 쩔렁이며 깊은 바다 어둠 속으로
들어가고 있다 섬들이 하나둘 떠오르고
잔잔히 흔들리는 물살 저편 둥근 물거품을 내뿜는다
아득히 먼 곳에서 아득히 먼 곳으로 흘러가는
조각배 하나 깊은 바다 어둠 밑에서
종이 울리는 소리 들린다

3부 나는 불꽃을 바라본다

남회귀선

내 눈꺼풀을 젖히고
종달새는 솟아오른다
새벽의 긴 속눈썹에 반짝이는
아침이슬 여왕벌은 능금처럼 빛나는
태양 주위를 돈다
지평선
　　　과일나무
　　　　　　　구름의 물결
바람이 쏘아올린 화살을 따라
대지 가득 쌓여 있는 빛을 길어올리는
　　　메아리 소리

내 이마 위에 새겨진 일곱 개의 별!

음유시인

오 눈먼 사수여
그대 이마 위 빛나는 태양을 쏘라
금빛 꿀벌들이 바쁘게 오가는
정오, 흰 갈기의 바람이
양떼구름을 몰고 가버리기 전에
무르익은 여름을 맛볼 수 있도록
갈라진 석류에서 뜨거운 샘이
끝없이 솟구쳐오르도록

나는 너를 종달새라 부른다

오 아름다운 나의 날개여
나는 너를 종달새라 부른다 그러면 너는
두 날개에 하늘을 가득 싣고 날아오른다
점점 높아지는 하늘 짙어지는 푸르름
소나무숲은 내게 솔방울을 주었다 솔방울을
주우며 나는 산길을 오른다 새벽은 눈부신 손님
말 탄 기사처럼 지평선을 넘어 힘차게 달려오고
너는 아직 봄의 정상 가장 높은 가지 위에 앉아
하늘을 바라본다 오 아름다운 나의 날개여
날아올라라 내가 잃어버린 날개를 대신 달고
화살보다 더 빨리 이 땅을 벗어나 메아리
울려퍼지는 환한 햇살을 지상 가득히 뿌려다오

그 새벽나라로

물속에서 한줄기 빛이
솟아오른다 조용히 피어나는 연꽃
봉오리를 열고 알몸의 여인이 풀려나온다
하반신은 아직 짙은 어둠과 꿀에
묻힌 채 기인 허리가 두 팔이
서서히 풀려나온다

지평선 너머로 퍼져나가는
푸른 꽃향기 새들이 지저귀는 하늘엔
서늘한 바람 잎사귀를 물고 여인은
대기 위로 떠오른다 그늘진 젖가슴을 타고
흘러내리는 빛의 물방울들

깊은 숲 저 멀리서
그녀를 부르는 메아리들 부드러이
물결치는 머리칼 속으로 스며들고 여인은
반쯤 갈라진 석류에 입술을 대고
따스한 숨결을 불어넣는다

가볍게 흩날리며 허공 가득
흩어지는 석류알들 저마다 이슬방울이 되어
그녀 살결에 맺히고 그녀는 꽃가루를 뿌리며
더 높이 솟아오른다

이 나무에서 저 나무로
들리지 않는 속삭임이 번져간다
차츰 엷어지는 안개 속에 양떼를 몰고 가는
목동들의 노랫소리 숲을 흔드는
사냥꾼의 뿔피리 소리

빛의 중심으로부터 투명한
손 하나가 그녀를 들어올린다 갈라진
구름 사이로 푸르게 열리는 하늘 그 둥근
꽃봉오리 속으로 그녀는 사라진다 손을
흔들며 아침해가 지상을 향해
첫 활시위를 당기기 전에

공작

태양을 향해
네가 오색 꼬리부채를 활짝 펼치면
쩌르렁 울리는 대기 가득히
폭죽 터지듯 피어나는 꽃들

햇무리는 둥글게 너를 휘감고
소녀들은 춤추며 네 주위로 모여든다
봄을 찬미하는 노래를 부르며

들소

너의 두 뿔을 타오르는
불에 바치라 하늘 높이
숲을 끌어올리는 종달새 울음이
온 대지 위에 흩뿌려질 때
잎사귀마다 거울을 치켜들고
햇빛을 반사하는 나무들

너의 심장을 넷으로 갈라
네 계절의 바람에게 나눠주라
외눈박이 거인
태양 주위를 맴돌며 벌거벗은
처녀들은 춤춘다

녹슨 투구 하나 뒹구는 벌판엔
모래와 선인장 그리고 구름 기둥
천천히 울려퍼지는 북소리 따라
나아가라, 끝없이
마지막 창과 화살이 기다리고 있는
저 지평선 너머

지평선 너머

나무들이 저마다
그림자를 거두는 시간

대장간에는 아무도 없었다 풀무 깊숙이 잠든 불꽃을 깨우고 나는 기다렸다 새가 날아오기를 날아와 불꽃 속에 둥지를 짓고 알을 낳기를 조용히 물결을 일으키며 내 주위를 맴도는 어둠 마흔 낮 마흔 밤이 지나 깃 터는 소리와 함께 새 한 마리 날아드는 순간

나는 끄집어냈다 불꽃 속에서 아직 타지 않아 눈부신 날개 그와 더불어 나는 떠났다 빙하기의 오로라가 기다리고 있는 지평선으로

햇살이 벌판 가득 야생마를 풀어놓는 아침 나는 홀로 중심에 섰다 횃대 위에 앉은 수탉의 예언이 온 세계에 울려퍼질 무렵 둥글게 부푸는 하늘을 향하여 솟아오르는 나

가장 힘센 바람과 싸우며 나는 날았다 빛을 사로잡으려고 저 높이 신성한 눈빛으로 나를 지켜보는 태양 차츰 녹아내리는 겨드랑이의 날개

오 그러나 사슬에 묶인 노예들의 신음 소리 가득찬 지상으로 다시는 돌아가지 않으리 나는 나의 주검을 산정 위에 눕히리라 허공을 떠도는 새들이여 내 살을 마음껏

뜯어먹어라 밤에는 달빛이 차갑게 드러난 내 뼈를 어루만져주리니

정오
나는 추락한다

나는 불꽃을 바라본다

나는 불꽃을 바라본다
불꽃 속에 불꽃이 있고 그 불꽃 속에
다시 또하나의 불꽃이 있다
그 불꽃 속으로 나는 손을 집어넣는다
아무리 깊이 집어넣어도 불꽃은
잡히지 않는다

이렇게 가까이 이렇게 뜨겁게
나는 불꽃을 느낀다
불꽃은 내 손을 태우고 내 팔을 태우고
아무것도 태우지 않는다
불꽃 속으로 걸어가는 길과 불꽃 속에서
나오는 길이 불꽃 속에서 하나로
만나고 만나지 않는다

그렇다 불꽃은 내 밖에 있다
여기 이렇게 불꽃은 타오르며 스스로의
있음을 알린다 그러나 불꽃 속에
누가 있어 나를 바라보고
나는 여기서 그를 바라본다
불꽃 밖의 나와 불꽃 속의 그가
만나 하나가 되지 않는 한
나는 불꽃일 수 없다

불꽃을 바라본다 불꽃을
바라보며 나는 차츰 불꽃이 되어간다
불꽃 속의 불꽃 그 불꽃 속의
불꽃으로 나는 나아간다 깊숙이 안으로
나아간다 천천히 열리는 불꽃
그 속에서 그가 나를 껴안는다
내 속에서 나오는 그와 그 속으로
들어가는 내가 불꽃이 되어
타오르는 지금,

……불꽃은 어디에 있는가

불새

타오르는 불 속에
내가 서 있다 끝없는 사막엔
바람만이 모래 기둥을 차례로 쓰러뜨리며
불어오고 불은 더욱 거세게 타오른다

아득한 지평선 신기루처럼
움직이는 낙타의 행렬 구름 한 점
없는 하늘엔 굶주린 까마귀 몇 마리
머리 위를 선회하고

서서히 나는 호흡을 멈춘다
서서히 나는 피의 순환을 멈춘다
그리고 두 눈을 태양에 고정시킨 채
불을 빨아들인다 내 혈관을 타고
흘러드는 불꽃들

내 심장은 터질 듯 부풀어오르고
태양이 오므렸던 꽃잎을 펼치며
사방에 투명한 빛의 침을 박는다
마지막 한 모금의 불까지 다 마셔버린
다음 나는 기다린다 무릎을 꿇고서

심장 속에서 무언가가
날개를 파닥인다 처음엔 조용히

점점 세차게 나는 눈을 감는다 순간
금빛 발톱으로 내 가슴을 찢고 날아오르는
불새 한 마리

태양의 중심을 향해
새는 날아가고 나는 재가 되어
사막 위에 쓰러진다 잠시 후 바람이
아득한 지평선 너머 먼 나라로
나를 데려다주기까지

소금기둥

돌아보지 말라
그 즉시 너는 소금기둥이 되리니
쓰러지는 나무와 집들 무너져내리는 산
이 모든 것은 단 한순간에 불꽃으로 화하리라

바다를 가르고
전갈과 방울뱀이 사는 사막을 지나
네가 무릎을 꿇은 곳 그 자리에 붙박여
기도드리라 새벽은 오지 않고 저녁도 오지 않고
오직 불볕더위만 계속되는 그 땅에서

상처에 뿌린 소금처럼 빛나는 햇살을 물고
사슬에 묶인 자리 채찍에 맞은 자리
다 아물기까지 너는
오랜 시간을 버티어야 한다

뜨겁게 달구어진 허공
목쉰 새들의 외침 소리 잦아들고
증발하는 땀 젖은 이마에서 피어오르는 김
새벽안개 되어 지상을 덮기까지

너는 오래 기다려야 한다
네 몸을 짓밟고 가는 폭풍의 발굽들
갈라진 살갗에 송진처럼 맺히는 피

돌아보지 말라
네 바로 뒤 죽음의 여신이 미소 짓고 있으니
돌아보는 그 모습 그대로
너는 돌이 되어 남으리라

늙은 인디언 추장의 노래

지금 나는 구름 저편
어떤 목소리가 이끄는 대로 이글거리는
불 속으로 걸어들어간다 수천 개의 불화살이
일제히 내 몸에 날아와 박히고 붉은
갈기의 말들이 나를 중심으로 돌기 시작한다

강물이 바다에 이를 때까지
빛이 나를 휘감고 내 속에서 거대한 회오리바람을
일으키기까지 내 시선은 태양이 허락하는
만큼 힘차게 뻗어나간다

일찍이 내가 사육한 독수리들이
그 날카로운 발톱으로 지상을 다스리는 지금
여름은 들소떼가 물 마시고 있는 들판을
나에게 바쳐야 한다 내 핏속에서
아직도 울려퍼지는 북소리가
모래를 태우며 평원 위에 군림하고 있기 때문에

불기둥의 중심에 서서 나는 외치리라
나의 이름은 무엇인가 누가 내게
이러한 권리를 부여했는가

나를 감싸며 피어나는 불꽃들의
이 현란한 가시덤불 오 독수리여 나를 버리고

솟아올라라 나는 그 옛날 내가
지상의 백성들에게 허락한 불을 다시 거두어들이련다
어두운 대지 위에 나 홀로 서서

모든 숲 모든 강을 불사르고
굶주린 야수들과 더불어 춤을 추련다
만일 회오리바람이 나를 휘감아 하늘 높이
들어올려준다면 그리하여 그 거대한
날개에 실려 나도 새벽 바다를 향해
날아갈 수 있다면

깊은 숲 오솔길을 지나 1

사냥이 끝났다
젖과 꿀이 고여 있는 샘물마다
입을 맞추고
나는 숲을 떠난다
내가 마지막으로 쏘아올린 화살은
태양 주위를 한 바퀴 돌고서
내일 내게로 돌아오리라
어둡게 그을린 포도송이들 찬란한
햇살을 터뜨릴 때
내 휘파람을 물고 날아오른
종달새와 함께

깊은 숲 오솔길을 지나 2

뿔을 감춘 달팽이 뒤를 따라가면
조용히 열리는 오솔길
달은 둥근 이슬을 한 방울
내 이마에 떨어뜨린다
졸고 있는 언덕의 눈썹 사이로
양떼를 가득 실은 구름이 지나가는 저녁
조심스레 벌어지는
꽃봉오리 속에서 은빛 가루를
날리며 타 죽는 나방이들
잎사귀는 바람이 외우는 주문 따라
사방으로 흩어져간다

돌아가다

지구는 지금 고요하다
고요히 움직이고 있다 돌고 있다
강물이 돌아가고 나무가 돌아가고 산맥과
사막이 돌아가고 있다 돌아가는 지구 둘레를
나도 돌아간다 서서히 한 바퀴
두 바퀴 내가 돌아가는 데 따라 강물이
돌고 바다가 돌고

거대한 지구가 돌아간다
돌아간다 태양이 돌아가고 태양이
도는 데 따라 은하계가 돌아가고 우주가 돌아간다
돌아간다 모든 것이 나도 당신도
당신의 과거와 미래 그 모든 것이
지금, 바로, 여기, 이 숨막히는 고요 속에서

아무것도 움직이지 않는다 다만
돌아감이 지속된다 만일 그대가 내
둘레를 돈다면 나는 그대를 돈 것이다 만일
지구가 태양을 돈다면 태양은 나를 돈 것이다
이렇게, 이렇게 그대는 움직이며
영원히 정지해 있다

보라 내가 두 팔을 펼치고 연꽃 둘레를 도는
것을 내가 한 바퀴 돌 때 시계의 작은 바늘이

　한 바퀴 돈다 내가 열두 바퀴 돌았을 때
시계는 열두 번 종을 울린다 점점 멀어지는 지평선
서서히 다가오는 하늘과 땅
　그 사이에 서서

나는 움직인다 움직이며
나는 바라본다 세계가 점차 흐려지며 녹아
　없어지는 모습을 풀과 돌과 새가 하나씩
　지워져 사라지는 모습을 자욱이 나를 에워싸는
안개 아무도 없는 그 가운데 서서
나 홀로 막막한 허공을 영원토록 돌아가고 있다

4부 깊고 둥글고 어두운

모래톱

완만히 구부러진
초승달의 허리를 따라 강물이 흘러간다
소라와 조가비의 어두운 입속에서 흘러나오는
파르스름한 빛, 바다는 솔숲 사이로 차가운 숨결을
불어넣는다 멀리 조약돌에 씻겨나가는
파도 소리를 들으며 나는 여기 앉아 있다
모래톱을 적시는 물거품의 머리칼
누군가 초승달 옆에 작은 별로
마침표를 찍는다

잠자는 여인

—오필리아를 위하여

물밑에 잠든 여인을 위하여
무엇이 필요할까 속삭이는 갈댓잎과 반딧불
무거운 나무 그림자를 헤치고 조각배는
피리 소리 따라 푸르게 출렁이는 머리카락 속으로
미끄러져간다 젖은 꽃들에 둘러싸여
거울 속에서 그녀의 투명한 알몸을 씻는 달
잠들라 이제 모두 아주 먼 훗날
어느 소년이 세 번의 입맞춤으로
그녀를 깨우기까지

숲에서 보낸 한철 1

어스름에 잠긴 숲
나무 그늘 아래
달빛이 내 긴 속눈썹을 치켜올릴 때
아련히 멀어져가는 뿔피리 소리

반짝이는 상형문자 별빛은 녹아내려 떡갈나무 밑
달팽이의 뿔에 이슬로 맺히고 메아리는
이름 모를 꽃향기를 깊은 고요 속에 흩뿌린다
꿈결처럼 다가와 내 둘레에 원을 그리는 암사슴들

오래고 오랜 잠에서 깨어난 나는
발아래 무르익은 포도를 짓이기며 춤추기 시작한다
바람은 푸른 갈기로 온몸을 어루만지고
황홀히 핏줄 속으로 스며드는 별
대낮처럼 밝아지는 나

나뭇잎마다 튕겨오르는 새들의 지저귐 속에
그림자는 잠겨드는데
오 나는 마시리 온몸으로 넘쳐오르는 달빛을
대기 속에 녹아드는 내 살결을

활을 떠난 화살처럼 내 춤은 나를 벗어나 솟아오른다
그윽이
어둠을 들이쉬고 내쉬는 하늘 푸르름 속으로

내 숨결이 피워낸 꽃잎에 휘감겨
허공을 떠돌던 물방울과 물방울이 이루는 은밀한 떨림
부드러운 모래로부터 설레는 잎사귀로부터
나는 다시 태어나련다 불꽃과 함께

지상의 모든 흐름이 멈춘 곳
내 욕망을 한가로이 흔들어줄 풀밭이 있다면
사랑하는 새들이 어깨 위에 팔 위에 내려앉아
내게 긴 이야기를 속삭여주는 새벽까지 춤추리니

지속하라 나의 딸들이여 너희의 아름다움을

숲에서 보낸 한철 2

조금씩 밝아오는 숲 나무 그늘 아래 그녀는 잠들어 있다 대기 속으로 녹아드는 푸르른 숨결 어젯밤 그녀를 이곳으로 인도했던 암사슴도 사라지고 햇살은 그녀 주위에서늘한 물거품을 일으킨다 나뭇잎 사이로 손짓하는 바람 감미로운 꿈에 잠겨 미소 짓는 그녀 아득히 멀리서 양치기 소년의 휘파람 소리는 들려오는데

깨우지 말라 메아리여 그녀는 잠들어 있다

머리맡에서 밤새 철썩이던 어둠도 물러나버린 지금 물결무늬로 아른대는 나비 몇 마리 그녀 눈썹 위를 맴돌다 사라진다 달빛이 몸 가득히 차오를 때까지 춤추었던 지난밤의 기억도 이젠 아스라한 꿈일 뿐 새벽이슬에 젖어 누워 있는 젊은 여인 숲속으로 꽃내음은 번져가고 달팽이 두 마리 그녀 가슴을 기어오른다

깨우지 말라 메아리여 그녀는 잠들어 있다

밀물

반쯤 접힌 부채의 푸른
　　　　　그늘 속에 조개는 누워
기다린다 개똥벌레들이
　　　　　별빛을 싣고 날아가버리면

바다는 둥근 조약돌로 남아
　　　　　버섯구름처럼 부풀어오르는
어둠 저 아래 빛을 내뿜는다
　　　　　비파의 현 사이로 넘나드는

　　　　　은색 물고기들 포도 가지마다
별똥별은 켜지고 꽃게 한 마리
　　　　　은하 기슭 그늘진 풀밭 위로
양떼를 몰며 나아간다

투명한 뿔을 흔들며
　　　　　어둠에 잠긴 수풀 속에
눈뜨는 이슬들 수많은
　　　　　거울을 만들었다 부수면서

　　　　　물이랑 이랑마다 피어나는
저 백합들을 허리띠마냥 두르고
　　　　　솟아오른다 파도 그루터기마다
메아리 메아리 따라 울려퍼지며

물거품 속에서 빙빙 돌아가는
풍차들 해시계와 녹슨 닻들
낙하산처럼 펼쳐졌다
닫히며 진눈깨비를 맞는다

조금씩 밝아오는 하늘
조개는 완전히 접힌 부채의
그늘 속으로 기어들어가
안개 자욱한 꿈을 꾼다

그 저녁나라로

물거품 속에서 태어나
빛과 바람과 사귀며 나는 조금씩
떠오르기 시작했다 푸른 잎사귀 따라
춤추며 서늘한 그늘 속에 스며들었다
풀려나오며 내 투명한 손은 지금 막
피어나는 꽃봉오릴 붙잡는다

내 입맞춤에 떠는 물결 위로
달빛이 흐르고 그 위로 내 가벼운
옷자락도 떠 흐른다 아무도 찾지 않는데
나는 아름답고 내 아름다움으로
풀밭은 푸르게 물든다

새들의 둥지마다 찰랑거리는
별빛 유리 같은 잎사귀들 은밀히
아주 은밀히 물위에 드리워진 나무 그림자를
밟고서 나는 거닌다

작은 새 한 마리 날아와
내 어깨 위에 앉아 지저귀는
이 저녁

나는 부르리라
나와 더불어 춤출 이를

네 방향에서 불어오는 바람의
중심에 서면 은하 저편
별들이 돌리는 풍차에서 내게로
날아오는 반딧불의 행렬

나에겐 거울이 필요 없다
내 손이 스치는 자리마다 피어나는
꽃잎에 둘러싸여 영원히 넘실거릴 뿐
이제 나는 사라진다
어디선가 들려오는 피리 소리를 찾아
지상엔 내 눈물로 반짝이는
이슬방울만 남기고

부엉이

1

이제 밤이 오리라

안개는 내려 숲은 조금씩 조금씩 가라앉고 불빛 아득한 어둠 속을 짐승들은 헤맨다 활과 화살을 버린 채 사냥꾼도 떠나가버린 지금, 지상에 남은 것은 늙은 종지기뿐

조용히 나뭇가지 위에 앉아 나는 듣는다 밤이슬 내리는 들판을 가로질러 점점 멀어져가는 말발굽 소리 흰옷 입은 영혼들이 등불을 들고 거니는 바닷가로 바람은 불려가고

모든 길은 지평선에 이르러 끝난다 태어나라 아무도 듣지 못한 소리들이여 일곱 개 약속의 기둥이 나를 중심으로 돌아가게 하라 자신의 운명을 아는 자는 장님이 되나니 나의 율법은 타오르는 불꽃

모든 길은 지평선에 이르러 시작한다

2

나의 땅은 물도 살지 않는 깊은 숲

오랜 세기가 지나 나를 찾게 될 이는 누구일까 늪지에 뼈를 묻으러 오는 사슴 혹은 하느님일까 이제 나는 안다 모든 신탁이 부질없음을 다만 이 자리에 앉아 나는 어둠

에 잠긴 세계를 굽어본다

나의 날개 나의 발톱 나의 눈
그것이 나다

머지않아 심판의 날이 오리니 모래바람이 일어나 광야를 덮고 바닷물이 땅을 휩쓸리라 버림받은 자들이 물어뜯고 싸우며 피 흘릴 때

나의 날개 나의 발톱 나의 눈
그리고 또 무엇이 남겠느냐

깊고 둥글고 어두운

나는 우물을 꿈꾸었다
깊고 둥글고 어두운 우물 하나를
나의 목소리가 바람을 타고 내려가면 다시 기인 메아리를 이루어
내게 돌아오는 우물을

이끼 낀 돌각에 기대어 서서
아무리 고개를 들이밀어도 그 밑은 보이지 않고
부윰한 안개 위로 내 얼굴이 어른거리다 사라지는
그윽한 우물을

나는 꿈꾸었다
풀잎의 뿌리를 지나 한없이 하강하는 계절의 한 모서리에서
잎이 떨어지면 잎과 함께 돌이 굴러가면 돌과 함께

길이 돌고 돌아 결국 제자리에 이르듯
나의 꿈은 돌고 돌아 그 우물에 이르렀다
…… 어두운 밤 누군가
내 손을 붙잡고 그곳으로 갔을 때
우물은 텅 비어 있었다

죽은 새의 뼈와 깃털만 쌓여 있을 뿐
내 얼굴을 비춰줄 물 한 방울 없는 그 우물 옆에 서서

나는 기다렸다

우물 속 짙은 어둠을 헤치고
하얀 손 하나가 올라와 나를 데려다주기를
깊고 둥글고 어두운 저 아래
무덤처럼 고요한 나라로 그리하여
편안히 잠들 수 있기를

천천히 구름을 뚫고
한줄기 빛이 우물 속으로 스며들었다
순간, 저 아래에서
어떤 눈동자 하나가 점점 커지고 빛나는 눈 하나가
나를 향해 다가왔다

일그러진 미소를 띤 채

한여름밤의 꿈

숲 가운데 나는 누워 있다
짙푸른 잎과 줄기로 가려진 밤하늘
달은 조심스레 단지를 기울여
내 입술에 투명한 것을 붓는다
내 포근한 잠 속으로 스며드는 달빛

무리 지어 흐르는 개똥벌레의 물결을 지나
바람은 불켜진 꽃을 향하여
활을 당기고 하나씩 별이 밝혀준 등불을
들고서 젊은 여인들이 이슬 속에서
걸어나온다

둥글게 부풀어오르는 달 꿈꾸듯
나를 둘러싸고 춤추는 젊은 여인들
달이 천천히 돌아가며
숲 가득히 빛을 뿌리는 데 따라

젊은 여인들이 손에 손을 잡고
둥근 원을 그리며 돌기 시작한다
짐승들도 따라서 돌기 시작한다

달이 도는 만큼
지상엔 젊은 여인들이 돈다
원이 차츰 넓어지며 부풀어오르는 달의

원과 겹쳐진다 서서히
상대방 속으로 녹아들어간다

점점 밝아지는 숲
이웃고 완전한 하나가 될 때
이글거리는 빛에 휩싸여 나는
솟아오른다 저 멀리 들리지 않는 소리
보이지 않는 모습을 찾아

은하

어둠에 잠긴
물밑에 누워 꽃들이
별빛을 에워싸고 피어나는 모습을 보며
나는 꿈꾼다 구름 저편 젖은 잎사귀를 물고
날아오르는 새들을

메아리들이 오가는 대기 가득히
푸르름을 숨쉬는 숲의 나무들 저 멀리
목동들이 양떼를 몰고 이슬 속으로
사라지면 돛단배는 서서히 반딧불의
은하를 거슬러오른다

…… 투명한 이슬에 목을 축이며 나는 깊은 숲속으로 달려갔다 하얗게 부서져내리는 달빛 아래 반짝이는 물거품 속에서 나는 얼마나 많은 기억들을 주워올렸던가 새들은 물방울 속에 둥지를 짓고 저마다 하나씩 별을 품고 있으리라 이 숲 지나 저 하늘 어디선가 누가 날 부르는지……

풀밭처럼 부드러운
물에 휘감겨 나는 잠들고 싶다
가만히, 눈을 뜨면 내 곁에 머무는 바람과
더불어 설레는 물결의 잎사귀를 헤치고
나는 깊이 가라앉고 싶다

저 멀리 이슬 속에서
나를 지켜보는 둥근 눈동자
흔들리는 배를 타고 은하 기슭을 향해
천천히 저어 나아간다 그 옛날 물에
잠긴 도시가 나타나길 기다리며

일각수(一角獸)

그 아득한 전설의 호수 달빛 푸르름에 뿔을 담그고 일각수는 알몸으로 멱을 감는 여인에게 다가간다 깨어지는 물시계 물풀 사이로 조는 듯한 물고기들 스쳐지나가고 젖가슴 가까이서 구름과 안개로 감싸인 옷을 벗는 바람

몽롱한 피리 소리 한 방울 나뭇잎에 맺혀 반짝일 때 그녀는 한쪽 손에 거울을 들고 일각수를 비춘다 그네가 흔들리듯 거울은 조그만 숨결에도 일렁이고 아슴푸레 드러나는 초승달 그녀 어깨 위에 앉아 말없이 지켜보는 앵무새 한 마리

로트레아몽 백작의 방황과 좌절에 관한 일곱 개의 노트 혹은 절망 연습

1

그 겨울 내 슬픈 꿈은 18세기 외투를 걸치고 몇 닢 은전과 함께 외출하였다. 목조의 찻집에서 커피를 마시며 사랑하지 않는 여인의 흰 살결, 파고드는 쾌감을 황혼까지 생각하였다. 때로 희미한 등불을 마주앉아 남몰래 쓴 시를 태워버리고 아, 그 겨울 내 슬픈 꿈이 방황하던 거리, 우울한 상송이 정의하는 토요일과 일요일을, 그 숱한 만남과 이 작은 사랑의 불꽃을 나는 가슴에 안고 걷고 있었다.

2

밤 열시, 시계의 태엽을 감으며 그녀의 살 속으로 한없이 하강하는 헝가리언 랩소디. 따스한 체온과 투명한 달빛이 적시는 밤 열시의 고독. 머리맡에 펼쳐진 십이사도의 눈꺼풀에 주기도문이 잠시 머물다 간다.

3

날개를 준비할 것. 낡, 혹은 우리의 좌절에 대한 대명사. 솟아오름으로 가라앉는 변증법적 사랑의 이중성.

4

가로등이 부풀어오른다. 흐느적거리는 밤공기 사이로 킬킬대는 불빛의 리듬. 안개는 선술집 문 앞에 서성이고 바람은 취한 얼굴로 비틀거리며 걸어나온다. 쉬잇 설레는 잠의 음계를 밟고 내가 바다에 이르렀을 때, 보았다. 아득히 밀려오는 파도와 살 섞으며 한 잎 두 잎 지워지는 뱃고동 소리, 조용히 모래톱에 속삭이는 잔물결을 깨우며 한 여인이 꽃을 낳는 것을.

5

물결치는 시간의 베일을 헤치고 신선한 과일처럼 다디단 그대 입술은 그대 향기로운 육체는 깊은 혼수(昏睡)로부터 꿈을 길어오른다.

날아오르라 날아오르라 박수를 치며
젖은 불꽃의 옷을 벗으라 나의 하프여

가만히 촛불을 켜고 기다리자, 누군가 휘파람을 불며 지중해의 녹색 문을 열고 거울 속으로 들어간다. 피어나는 연꽃 속에 눈뜨는 보석을 찾아.

6

자정이 되면 그대와 함께 방문하는 러시아의 설해림(雪海林). 모닥불 옆에 앉아 우리는 수평선 너머 사라지는 선박을 그 긴 항해를 바라보았다. 눈이 내리는군요. 밤안개가 걷히겠지요. 바람 부는 해안 푸른 고요 속에, 목마른 자 홀로 남아 기도하는 자정의 해안 그 어둠 속에 눈은 내리고 내리고, 유년의 마을 어디쯤 떠오르는 북두

칠성. 지상의 모든 불빛이 고개 숙인다.

7

바람이 분다 살아야겠다
바람이 분다 살아야겠다

바람이 불지 않는다
그래도 살아야겠다.

문학동네포에지 022

깊은 곳에 그물을 드리우라

1판 1쇄 발행 1997년 10월 30일
2판 1쇄 발행 2021년 7월 31일

지은이—남진우
책임편집—유성원
편집—김민정 김필균 김동휘 송원경
표지 디자인—이기준 백지은
본문 디자인—유현아
마케팅—정민호 김도윤
홍보—김희숙 함유지 김현지 이소정 이미희 박지원
제작—강신은 김동욱 임현식
제작처—영신사

펴낸곳—(주)문학동네
펴낸이—염현숙
출판등록—1993년 10월 22일 제406-2003-000045호
주소—10881 경기도 파주시 회동길 210
전자우편—editor@munhak.com
대표전화—031-955-8888 / 팩스—031-955-8855
문의전화—031-955-3576(마케팅), 031-955-8865(편집)
문학동네카페—cafe.naver.com/mhdn
트위터—@munhakdongne
북클럽문학동네—bookclubmunhak.com

ISBN 978-89-546-8002-8 03810

www.munhak.com

문학동네